TRANSFORMANDO TU FORMA DE SER

By Ann Lyssenko

ISBN: Softcover   978-1-4836-2538-6
           Hardcover   978-1-4836-2540-9
           Ebook   978-1-4836-2539-3

Rev. date: 04/15/2013

To order additional copies of this book, contact:
Xlibris Corporation
1-888-795-4274
www.Xlibris.com
Orders@Xlibris.com

Mi madre natal que me dio la vida y me enseñó a desprenderme con el amor.

Mi madre que me dio apoyo maternal y me enseñó a escuchar a los cuentos y las palabras de otras personas igual como imaginar las posibilidades intricas que se podrían lograr.

Imaginarse

Usa todos tus sentidos par ver
Imágenes de eventos pasados
Sonidos resonantes alrededor de ti
Sensaciones a la punta de tus dedos
Aromas que antes eran
Miedos de los sueños de la noche pasada
Bendiciones de las palabras de otros
Paisajes de este momento
Penetra en la profundidad de tu corazón para sentir
Mueve las imágenes en la vista de tu mente
Para ver lo que podría haber sido antes y después
Mescla todos tus sentidos para contar tu cuento
Tú puedes crear tus verdaderas ilusiones

Transformando tu forma de ser

Cuando el oso fue rumbo a la laguna,
el sol de la tarde formó largas sombras
por los arboles en la vereda.

Sombra del Oso

El nido en el viejo roble, todavía tiene un huevito.
"La madre pájara estará afuera comiendo. No tardará."
El oso recuerda viendo un pajarito haciendo su primer
vuelo de ese nido, el año pasado.

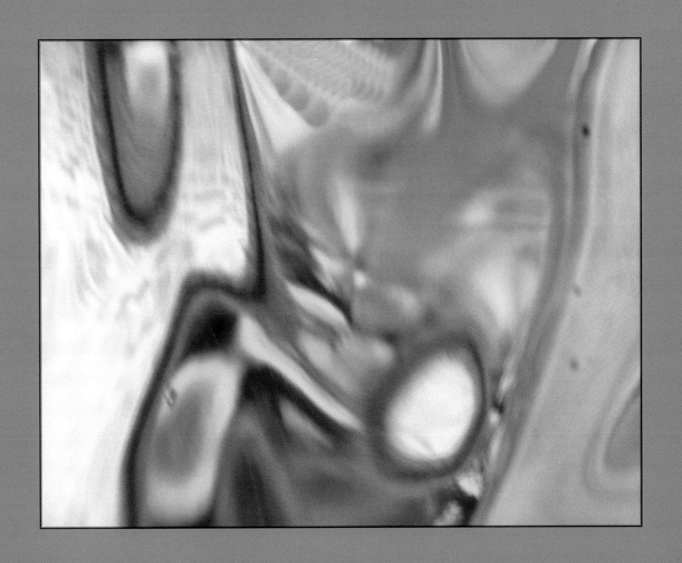

Un huevito en el nide del Roble

Cuando el oso llegó a su piedra favorita a la orilla de la laguna,
la piedra todavía estaba templada por el sol de medio día.
Cerca del árbol de sauce el oso podía ver al
conejo comiendo pastos dulces.
"¡La coneja hace pequeñitos sonidos, como crujiendo cuando
comía!" El oso sonríe de si mismo.

Conejo

A un lado lejano del conejo, había un terreno de flores blancas, moviendo sus puntitas y desparramando su perfume mágico al viento. Oso se dice, "Esas flores tienen el poder de sanar mi tristeza." El aroma permanecía alrededor de la nariz del oso por largo tiempo. El oso suspiraba y recordaba aquellos momentos.

Flores Blancas

La cabecita de la tortuga colgaba del tronco de un árbol. La cabecita parecía tocar el agua de la laguna. "La tortuga estaba haciendo olas pequeñas". El oso observaba las olas pequeñas creciendo más y más grandes al moverse a cruzar el agua.

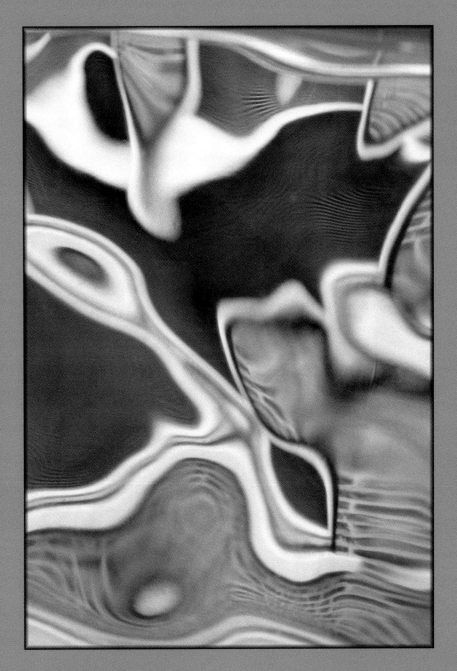

La Tortuga

Una garza grande azul voló inclinándose
y tratando de agarrar un pez.
La garza venia frecuentemente a la laguna.
"¡Qué majestoso animal!"
En ese instante el oso se quedo mirando
los movimientos de la garza.
El ave movía su cabeza en un modo elegante
y se lanzaba en la dirección del agua.

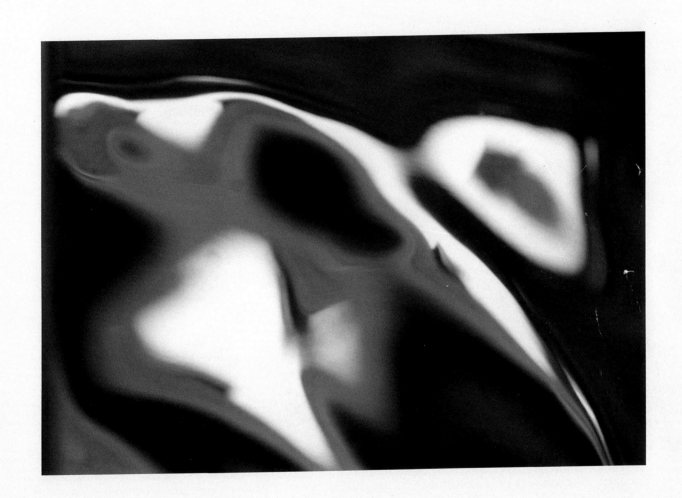

La Garza

El oso podía ver un pez moverse rápido entre la espesura de plantas que salía en la superficie del agua. "Apúrate pescadito." El oso detuvo su respiración momentáneamente.

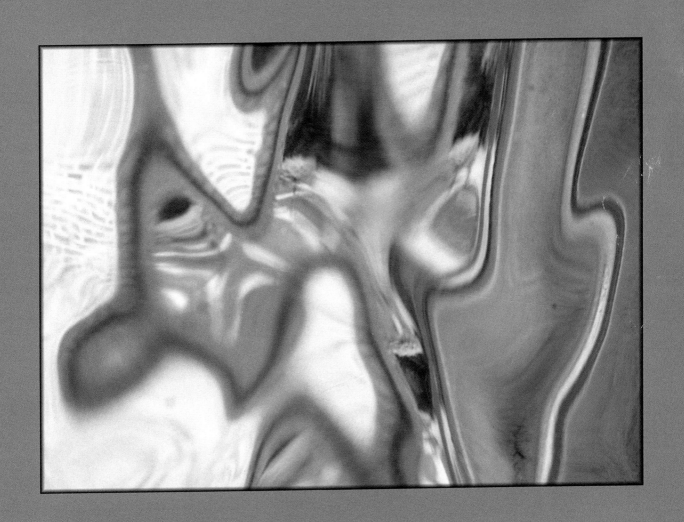

Un Pez Entre las Plantas de la Laguna

Otro pájaro desconocido al oso se podía ver a una distancia al cruzar la laguna. El oso frecuentemente observaba lo que era desconocido y podía distinguir entre lo familiar. El oso se preguntaba a si mismo "¿Me, pregunto qué pensará el pájaro en llamarse a si mismo?" Otro pensamiento más para que el oso medite sobre la vida.

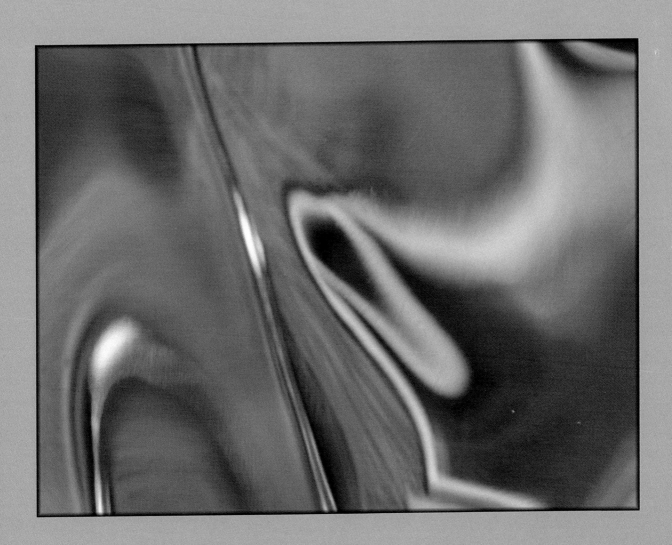

La Garza

Cuando se levantó el aire el oso podía oír el sonido de los pastos cerca de su piedra favorita. Un cascaron de semillas estaba listo para brotar. Mandando sus tesoros al viento. El oso observaba las semillas que pasaban alrededor de el para poder agarrarlas en el instante que se iban en el vuelo de libertad. "! Milagros ocurren cada día en la laguna!" El oso se sonrío.

Cascaron de Semillas

El oso podía ver al venado pero el venado hacia lo mismo
de un matorral que estaba en la orilla del bosque. El venado tenía
un modo de estar completamente quieto como pendiente.
El oso pensaba, "¿Como podré hacer para que el venado parpadee
sus ojos?" El oso simulo asustar al venado.

Venado

La superficie del agua de repente se puso silenciosa cuando el suspiro de la madre tierra se calmó. Mirando hacia abajo del agua, el oso podía ver el fondo visiblemente.
El dijo, "¡El agua se ha puesto transparente!"
Claramente el oso podía ver pescaditos y plantas.

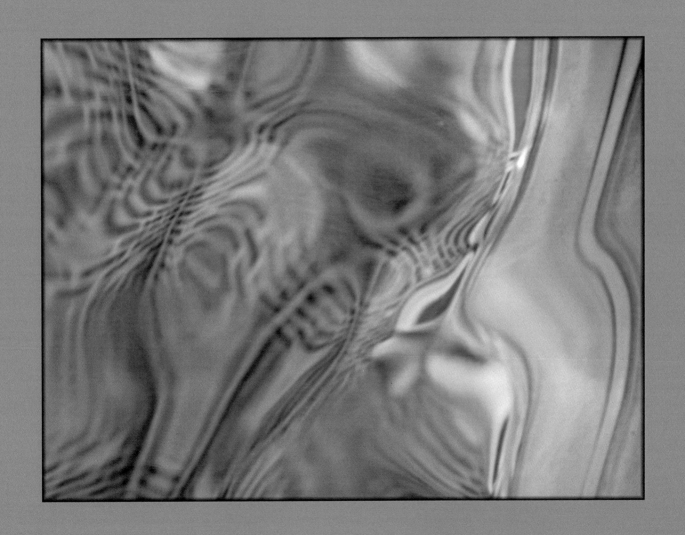

Abajo Del Agua

En el cielo las nubes empezaron a formar figuras
que llamó la atención del oso. Las nubes tomaron
formación de un par de ojos que miraban para abajo desde
los altos niveles del pino a cruzar la laguna.

Un Duende En Una Botella

La cara de una persona humana
durmiendo apareció en una nube.
Entonces en un instante se desapareció.

Durmiendo En Las Nubes

Una nube semejaba que movía sus alas
como una paloma blanca.
El oso parecía como que oía el sonido de las alas
y el arrullo de la paloma.
"¡Qué tranquilidad!", dijo el oso.

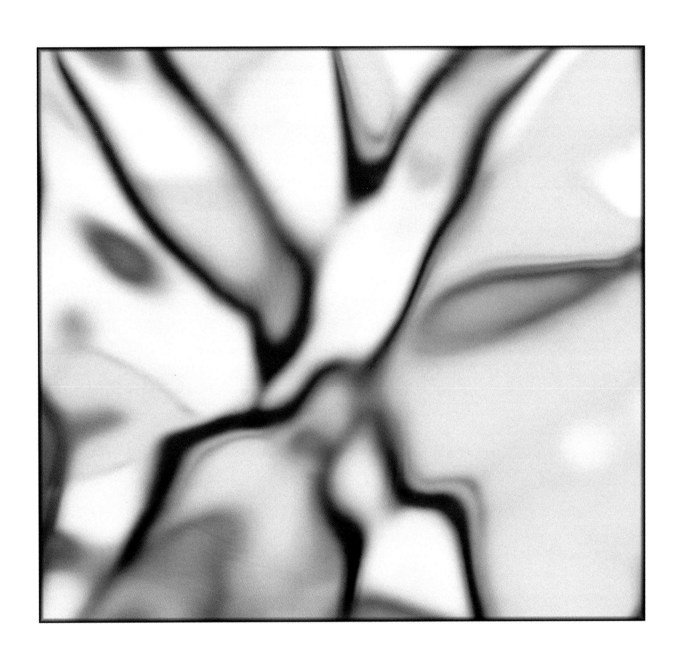

El Beso De Paz

Las nubes bajaron para cubrir la montaña verde como un manto. En el medio de las nubes apareció los colores del arco iris reflejados por la puesta del sol. "¡Magia, me encanta la magia!", exclamó, el oso. El se sorprendió al oír su propia voz tan alta como un sonido vibrante. Era como si la tierra hablaba y estaba en acuerdo con él. "¡Magia, decía el oso, si, magia, es el poder de la naturaleza!"

La Montaña Verde

Al momento que se desapareció el sol atrás de la montaña verde un murciélago voló del pino grande. "El murciélago indicaba la venida de la oscuridad." El oso no tuvo miedo al murciélago ni a la oscuridad, al contrario el oso daba la bienvenida a ambos.

Vuelo Nocturno

El oso podía oír el grito del lobo llamando a sus criaturas por que les había llegado la noche. Los cinco pequeños le daban molestia todo el tiempo. El oso podía imaginarse los lobitos corriendo en diferente direcciones cuando la loba les llamaba.

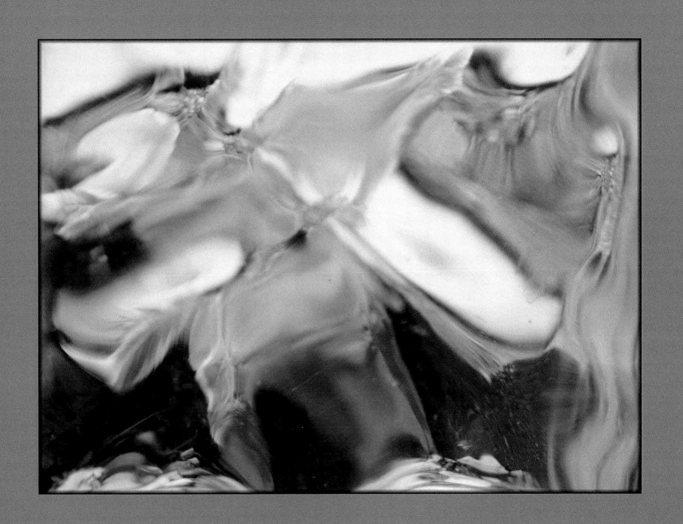

El Lobo

Los cisnes estaban acurrucados juntos en su nido,
cercas del oso. Sus plumas blancas brillaban y reflejaban.
"Los cisnes son hermosos animales."
El oso suspiro calmadamente.

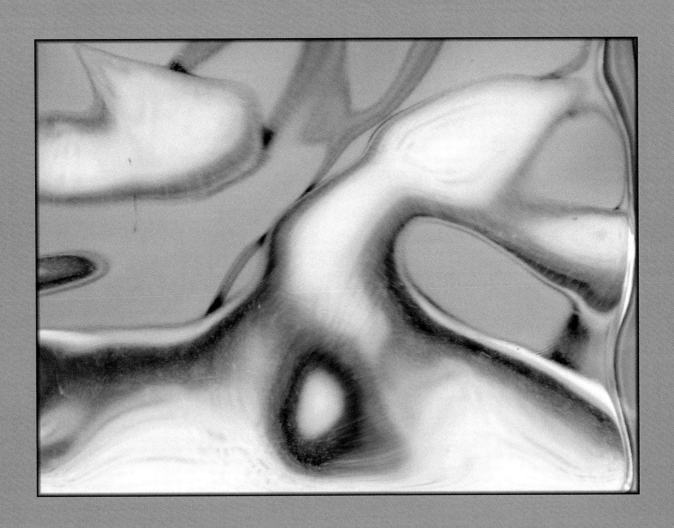

Cisnes Durmiendo

La hora de crepúsculos había llegado a la laguna. Cosas mágicas ocurren en este tiempo al atardecer el día. El oso podía sentir los espíritus de los ancianos animales tocar su piel. Podía oír los gruñidos de los ancianos resonar entre los árboles. Los espíritus de los arboles se prendieron como luciérnaga. Todo cambiará de parecer alrededor del oso sin que el se moviera. "Transformando su forma de ser es lo que Tío oso le había nombrado." El oso estaba sorprendido durante el tiempo del anochecer.

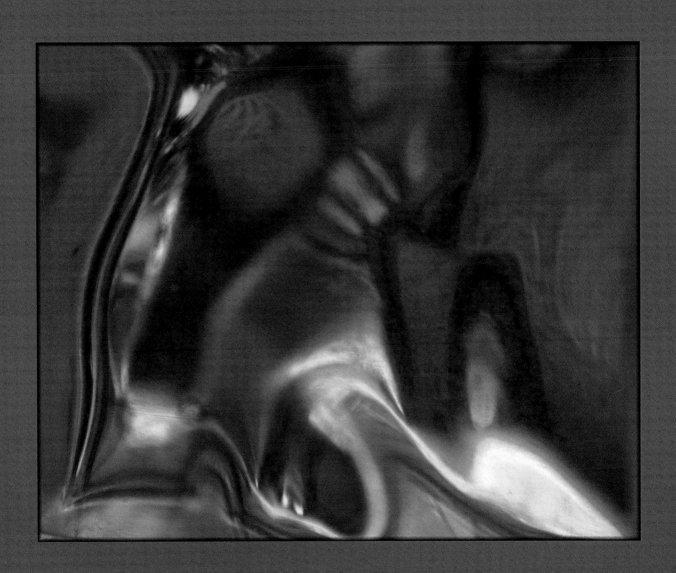

Arboles Espirituales

En el momento de obscurecer en la laguna, se transformó en un espejo que reflejaba el cielo y se podían ver estrellas y aerolitos. Oso se preguntaba, "¿Serán estos fenómenos mis amigos?" ¡La laguna ES un sitio de maravilla! ¡Hola! Aerolitos." El oso mira al cielo hipnotizado. "Él se dice, en este momento todo tiene sentido para mí."

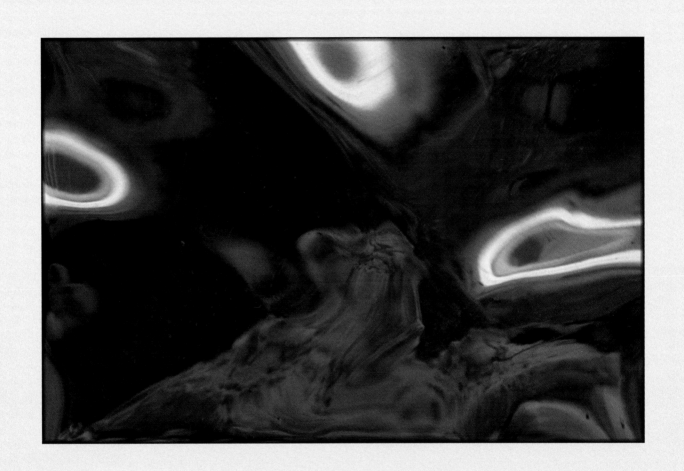

El Oso y Los Aerolitos

Ann Lyssenko es una fotógrafa y escritora interesada en animar
y abrir la imaginación en los niños y los adultos a la vez. Estos
imágenes y otras fotografías tomadas por Ann se pueden encontrar
en las páginas electrónicas, www.kathmanbearpics.com

Edwards Brothers Malloy
Thorofare, NJ USA
May 21, 2013